청어詩人選 281

귀비고

이유토 시집

청어

첫 시집을 내면서

귀비고 시집 출판은
시를 마음에만 갖고 있다가
늦게나마 첫 시집을 낼 수 있었다.
제가 태어난 고향에 귀비고가 있지만
떠나 살다 보니 귀비고에 관심을 갖지 못했다.
귀비고에 관한 역사가 중요하다는 것을 인식했다.
그러면서 귀비고에 대한 관심을 갖게 되었다.
귀비고에 관한 시는 20편이지만
시집을 출판하는 데 귀비고가
원인을 제공했다.

이 유 토 씀

차례

2부 어느 날 하루

3부 강가를 거닐며

4부 바다에서 만나자

5부 영원을 사모하는 마음

1부

귀비고

신라 제8대 아달라왕 때 연오랑과 세오녀가 일본으로 가면서 신라의 해와 달이 빛을 잃었다. 아달라왕은 사자를 일본으로 보내 세오녀가 짠 비단을 가져왔다. 그 비단으로 하늘에 제사를 드렸더니 해와 달이 옛날같이 다시 밝아졌다. 비단을 창고에 모셔 국보로 삼고 그 창고를 '귀비고'라 하였으며, 하늘에 제사를 지내던 곳을 '영일현' 또는 '도기야'라 하였다.

바다로 가겠나이다

아달라왕*이여!
백성을 살릴 수 있는 길이
바다에 있었나이다
이 한 몸 바다에 던져
바다에 사는 해산물로
죽어가는 생명을 살리겠나이다
비를 소원했던 기우제를 비웃듯
타들어 가는 땅을 보기에는
견딜 수가 없나이다
기우제 때 오지 않던 비가
때 없이 쏟아지는 비를 보면서
서라벌에 이 몸 있을 수 없어
바다로 가겠나이다

소생, 연오랑*

*아달라왕: 신라 제8대 왕
*연오랑: 신라 제8대 아달라왕이 즉위한 지 4년 바다에 나가 바다풀을 따고
있었다. 문득 웬 바위가 와서 업고 일본으로 건너갔다. 일본사람들이 이를 보
고 이 사람은 비범한 사람이라고 하여 임금으로 삼았다.

바다에 왔습니다

부모님께

가을이 왔지만
또 가을을 기다리기에는
그동안
신음, 소리
바다에서 들으려고 왔습니다

해산물을 채취하기 위하여
바닷가 사람들과 함께
일하며, 배워서 이젠
청년들에게 가르치고 있어요

바다에서
많은 사람을 초청할 날이
가까이 오고 있습니다

불효, 연오랑

바다에 와서

연오랑이
바다에 들어가니
물속에도 논과 밭이 있었다
전복, 소라, 홍합, 해삼, 성게는
쌀, 보리쌀, 좁쌀, 기장, 콩이
될 것이고
장기에서 울주까지
도기야*에서 흥해까지도
마을 마을을 돌면서
주민과 함께
바다에서 논과 밭을 만들면
산에 살던 뻐꾸기도
바닷가에 오지 않겠나,
바다에도
뻐꾸기 노래를
들을 수 있는 날
있을 것일세

*도기야: 신라 제8대 아달라왕 때 연오랑과 세오녀가 일본으로 가면서 신라
의 해와 달이 빛을 잃었다. 아달라왕은 사자를 일본으로 보내 세오녀가 짠 비
단을 가져왔다. 그 비단으로 하늘에 제사를 드렸더니 해와 달이 옛날같이 다
시 밝아졌다. 비단을 창고에 모셔 국보로 삼고 그 창고를 귀비고라 하였으며,
하늘에 제사를 지내던 곳을 영일현 또는 도기야라 하였다. (현재 포항시 남
구 동해면 도구리)

바람이었네

산에 살던 뻐꾸기
자존심 하나로 살다가
이것저것 다 팽개치고
바다에 와서 춤을 춘 것도
바닷사람의 피와 땀으로 이룬
바람이었네

소나무로 뗏목을 만들어
해초를 운반하고
대나무로 통발을 만들어
고기를 잡은 것도
바다 청년의 피와 땀으로 이룬
바람이었네

땅을 파서 구덩이를 만들고
몽돌을 주워다 구덩이에 넣고
불을 피워 몽돌을 달구어
주민이 잡은 해산물을
몽돌에 구워 축제를 연 것도
바람이었네

산과 바다

아달라왕이여!

산에 사는 뻐꾸기는
산도 둥지도 다 버리고
바다로만, 바다로만
훨훨 날아가나이다
산에 남은 부엉이는
날마다 슬픈 탄식에
부엉부엉 울고 있나이다

바다로 간 뻐꾸기는
바닷사람이 되어가고
가뭄과 홍수가 있어도
해산물이 많아서
날마다 축제를 열며
슬피 우는 부엉이까지
초청하고 있나이다

바다가 산으로 오고 있나이다
아달라왕이여

소생, 신하

세오녀와 이별

세오녀*가 없었다면
도기야에서 시작한 바람이
연안 일대에 일어날 수 있었던가
소나무 뗏목은 어떻고
대나무 통발은 어떠했는가
바다의 축제는 어떻게
바닷가 사람으로부터
연오랑이라 외치는 함성을
어찌 들을 수 있었던가

연오랑은
세오녀를 버리지 않았다
연안 백성을 버리지 않았다

연오랑은
세오녀를 버리고
연안 백성을 버리고
깊은 바다에 몸을 던졌다

*세오녀: 연오랑의 아내 세오녀는 남편이 돌아오지 않자 찾아 나섰다가 남편
이 벗어 둔 신을 보고 그 바위에 오르니 바위가 또 세오녀를 일본으로 실어
갔다. 그 나라 사람들이 놀라 이 사실을 왕께 아뢰니 부부가 서로 만나 세오
녀를 왕비로 삼았다.

연오랑의 기도

망망대해를 지나고 있습니다
험악한 풍랑이 일고 있습니다
도기야를 떠날 때
이미 죽음을 각오했습니다
도기야 연안 일대 청년들
생명을 살리는 일이라면
수중고혼도 되겠나이다
집도 산도 보이지 않습니다
멀리 와서 돌아갈 수도 없습니다
물결이 산더미처럼 높을 땐
산꼭대기에 올라간 기분이었다가
물결이 산골짝처럼 내려갔을 땐
물속에 빠지는 기분입니다
산더미 같은 물결이
수없이 흔들리는 것처럼
흔들리는 나의 마음을
꼭 잡아주소서

항해의 힘

망망대해에서
절망과 좌절에서
조그마한 물체 하나가
나의 시야에 들어오니
지칠 대로 지친 나
깔아질 대로 깔아진 나
가냘픈 희망 하나가
뗏목을 이끌 수 있는
힘이 되었다
조그마한 물체를 향해
뗏목이 가까워질 때마다
조그마한 물체는
산이 되고
집이 되고
섬이 되었다
사람 사는 섬으로 보일 때
더 이상 뗏목을 이끌
힘은 솟아나지 않았다

재생

내가 다시 살아난 것은
섬에 도착했을 때
나는 쓰러져 있었기 때문이다
내가 눈을 떴을 때
섬사람들의 보호를 받고 있었다
섬사람들은
이방인이 나타나서
섬을 어지럽게 하지 않을까
염려가 강렬했다
섬에는 먹을 것이 많아
본토의 침범이 많았고
그럴 때마다
강한 섬사람이 되었다
내가 쓰러져 있는 순간
섬사람들은 나에게
측은한 심정이 들어갔고
나는 섬사람들로부터
연민의 정을 느꼈다

세오녀에게

세오녀를 버리고
떠나온 나는
세오녀가 내 마음에 살고 있어요
무서운 풍랑 속에도
세오녀가 큰 힘이 되었어요
연오랑을 보내고
홀로 있는 세오녀의
슬픔과 고독과 외로움을
무엇으로 갚아야 하나요
나는 섬에 도착해서
점점 섬사람이 되어가고 있어요
세오녀에게 배운 대나무 통발
섬사람들도 사용하고 있어요
뗏목으로 미역을 채취해서
본토와 물물교환도 하고
이 섬에서도 도기야 축제처럼
해산물을 몽돌에 구워
축제를 열면서
섬이 새롭게 변화되고 있어요

세오녀의 믿음

연오랑은
뗏목을 타고 일본으로 갔다
풍랑을 어떻게 극복할 것인지
염려로 잠을 이룰 수 없다
연오랑이가 일본으로 간 것은
신라가 무서워서가 아니다
청년들의 피를 흘리지 않기 위해
스스로 죽음을 선택한 것이다
연오랑은 일본으로 갔지만
도기야의 열기는 살아서
내륙으로 펴져만 간다
연오랑에게
해산물을 잡는 기술과
쇠붙이를 다루는 기술로
일본에서 적응할 수 있을까
살아갈 수 있을까 하는
세오녀의 염려는
일본으로 가서 연오랑을
만날 희망을 품게 한다

연오랑에게

오늘은
연오랑을 처음으로 만났던 곳
도기야 모래사장을 걸었습니다
몽돌에 구운 해산물을 먹고
허기진 배를 채우고
도기야에 모인 모든 사람은
어느, 누구의 강요도 없이
다 하나가 되어
스스로 축제가 되었습니다
그때 나는
연오랑을 돕기로 했습니다

축제 때마다 뒷바라지를
하면서 나는 행복했습니다
축제가 끝난 다음 연오랑은
집까지 나를 데려다주었습니다
연오랑이와 걸으면서
사랑의 싹이 돋아났습니다
사랑의 싹은
지금도 자라고 있습니다

세오녀로부터

언덕에 올라

세오녀는
날마다 언덕에 올라
연오랑이가 떠난 바다를
하염없이 쳐다보는 것이
나의 일과가 되었네요
내가 해야 하는 일이
산더미 같이 쌓였는데도
일이 손에 잡히지 않는군요
오늘따라 센 바람이 부네요
물결이 많이 출렁거려요
먼 바다를 바라보면서
연오랑은
험난한 파도를 잘 극복했는지
일본에는 잘 정착했는지
그런 궁금증으로
오늘도 시간을 보냈습니다
마음이 조금 안정되면
산더미 같이 쌓인 일을
차근차근 정리할까 합니다

호미곶*을 찾은 세오녀

연오랑으로부터 처음으로
사랑 고백을 받았던 곳
호미곶을 찾았습니다
동쪽 하늘에서 솟아올라온
붉은 태양은
우리의 외로움을
우리의 아픔을
모조리 삼켜버리고
연오랑과 세오녀의
영원한 사랑을 허락했습니다

내가 바라보는 바다에서
연오랑은
내륙사람들을 위해
해산물을 잡았습니다
나는 그 바다를 바라보고
또 바라보고 있습니다
그러나
연오랑 없는 바다에서
세오녀의 쓸쓸함은
감출 수가 없군요

*연오랑, 세오녀 시절에는 연일현에 속한 곳(호미곶)이었다.

세오녀의 갈등

연오랑은
다시 오겠다는 약속을 하고
일본을 떠났다
도기야의 열기가 살아있는 것은
연오랑이가 온다는 믿음이었다
나 역시 그 약속의 세월을 믿고
바다를 바라보고 있지만
언제까지
연오랑이가 돌아오기를
기다려야 하는지
날마다 바다만 보는 세오녀
연오랑이 돌아올 때까지
도기야에서
연오랑 없이
나 혼자 산다는 믿음도
언제까지 간직할 수 있을지
내 마음은 바다 너머에 있는데
나의 육체가 무슨 힘으로
여기서 버틸 수 있을까

세오녀의 결심

연오랑이가 간 바다를
나도 가야 하는지
말아야 하는지
더 이상 망설일 수가 없다
풍랑의 무서움이
나의 용기를 무너뜨리곤 했지만
그것보다 더 무서운 것은
적막한 파도 소리를 들으며
나 홀로의 외로운 밤을
보내는 것이었다
풍랑의 무서움도 사라져가고
적막한 파도 소리도
더 이상 듣고 싶지 않다
부모님의 염려가 걸리지만
연오랑이를 만날 희망은
버릴 수 없다
바다에 몸을 던진 연오랑처럼
나도 바다에 몸을 던질 것이다

재회

연오랑과 세오녀는
오키도*에서 다시 만났다

연오랑은
도기야의 축제를 이끌지 못하고
바다에 몸을 던져야만 했다
세오녀도 연오랑을 따라
바다에 몸을 던졌다
연오랑과 세오녀는
바다에서 죽었다 살아났다
바다에서 죽었다가
다시 살아난 사람이
오키도에 있으니
오키도에도 바람이 불었다
그 바람은 왕과 왕비를 만드는
행복의 축제이었다

*오키도: 연오랑이가 일본에 정착한 섬

아달라왕의 위기

가뭄과 홍수로
시달리는 신음이
왕의 운명을 덮고 있을 때
연오랑은
서라벌에서
바다로 내려가
바다 사람이 되어
백성의 신음을 달랬다
아달라왕은
연오랑을 외치는
백성들의 환호성을 듣고
연오랑만 없으면
왕의 권위가 살 줄 알았던
아달라왕은 탄식했다
사자*를 불러
일본으로 가서
연오랑을 데려오라 한다

*사자: 아달라왕의 신하(사신)

사자와 연오랑

오키도에 간 사자는 연오랑을 만났다.

연오랑: 어떻게 이곳까지 올 수 있었나요.
사　자: 아달라왕의 업보지요. 그래서 저도
　　　　바다에 몸을 던졌지요. 연오랑을
　　　　모시고 오라는 왕의 명이었소.
연오랑: 아시다시피, 나는 오키도의 왕이오
　　　　왕이 백성을 버릴 수는 없소.

연오랑: 세오녀가 만든 비단이 있어요.
　　　　비단으로 하늘에 제사를 지내시오.
　　　　그러면 신라에 해가 뜰 것이오.

사자는
세오녀가 만든 비단만 있으면 신라를
재건할 수 있다는 믿음이 있었다.

귀비고

연오랑과 세오녀가 돌아오기를
기다리는 연일현* 사람들
세오녀의 비단이 도기야에 있다는
소문에 모여든 군중들

연오랑과 세오녀가 돌아오기를
기다리는 연일현 사람들
세오녀가 만든 비단으로
마음을 달랜다

비단으로 하늘에 제사를 올리고
귀비고를 만들어 비단을 보존하면서
연오랑과 세오녀를 기릴 때
신라에 해가 떠올랐다

*연일현: 삼국시대 도기야(동해면 도구리)를 중심으로 해안으로는 울주에서
흥해까지이며, 내륙으로는 연일과 청도까지의 지역을 말함.

2부

어느 날 하루

소나무 숲이 있는 바위섬에서
해가 뜨기를 기다렸다
수평선 너머에 검은 구름
바다에서 빛이 올라오면서
검은 구름이 구석구석 밝혀졌다
신기하다

겨울 바다

겨울 바다에 가고 싶다
서해도 있고
남해도 있지만
동해 조그마한 바다에 가고 싶다
그곳에서 나는
파도 소리에 잠을 청하고
파도 소리에 잠을 깬다
그러면서 자랐다
아버지와 처음으로 걸었던
모래사장도 있다
찰싹거리는 파도 소리에는
어머니의 음성이 있다
나는 그곳에서
나를 만난다

선돌

언제나 그 자리에 있었다
바람이 불어도
파도가 몰아쳐도
변함없이
그 자리에 있었다
오래 있다가 오래 있다가
아주 오래 있다 가도
언제나 그 자리에 있었다

내가 갔을 때
나에게 주려고
그렇게 파도와 싸워
어린 시절 추억을 빼앗기지 않고
간직하고 있었던가

고향에 갈 때마다
아무도 만날 수 없는 허전함을
달래주기 위해
너는
그 자리에 있었는가

나에게로 가져오기

대전에 살면서
고향 생각날 때가 많다
아버지와 함께 걸었던 모래사장
초등학교와 등대
바닷바람과 반짝이는 물결
가고 싶은 생각만 하다가
가지 못하는 일상

이제는
갑천을 걸을 때
아버지의 모래사장을 걷고
잠이 오지 않을 때
적막한 파도 소리를 불러와
잠을 청한다

너의 고요

고요한 바다
잔잔한 물결은 수평선까지
반짝이고 있었다
어제 아침에는
오늘처럼 잔잔했다가
정오가 지나면서
동쪽 하늘에 검은 구름이 덮이고
바람이 불고
비가 쏟아지면서
파도는 무서움을 갖고 왔다
밤은 지나고
아침에 바다는
고요 그 자체였다
불안에 떨었던 나는
너무나 부끄러웠다

걸어갑니다

아버지가 생각나면
아버지의 손을 잡고 처음 걸었던
모래사장으로 달려갑니다
거기에는
가스 불을 비추며 멸치 잡던
아버지의 바다가 있습니다

아버지가 생각나면
초등학교로 갑니다
아버지의 손을 잡고 입학했던 학교입니다

아버지가 생각나면
등대로 갑니다
등대에서 잠이 들면
아버지 등에 업혀 집으로 옵니다

대전에 살면서
아버지와 함께 걸었던 길을
걸어갑니다

큰누님에게

대전복합터미널에서
경주행 고속버스에 몸을 실었습니다
경주서 울산행 버스를 탔습니다
문무대왕릉이 있는 봉길리에 내렸습니다
문무대왕릉을 바라보다가
감포행 버스를 탔습니다
봉길에서 감포로 가다가
집실에는 누님이 살지 않고
먼 곳으로 갔지만
차창 너머로
누님이 살았던 집을 보고
누님과 함께 걸었던 모래사장을 보고
감포를 거쳐서
계원까지 왔습니다

어머니의 바다

어머니의 바다에 가면
모닥불 흔적이 있다
바다에서 나오면
모닥불을 피워서 몸을 녹인다
얼었던 몸이 녹으면서
서러웠던 마음도 녹인다

어머니의 바다에 가면
반짝이는 물결이
수평선까지 뻗어있다
어머니는 반짝이는 물결 위로
수평선을 향해 걸어간다

어머니는 하늘나라에 가시면서
어머니의 바다를 나에게
유산으로 물려주었다
나는 어머니의 바다를 보면서
살아간다

감포에서

대전에서 고향 가려면
감포를 거쳐야 한다
감포에서 고향 가는 버스는
한 시간 기다려야만 했다
한 시간 동안 감포 어시장에 갔다
어시장에 들어가자 어부들의
멸치털이노래가 찡하게 울려퍼졌다
감포는 나에게 사연이 많은 곳
아픈 사연을 생각할 때마다
앙상한 나뭇가지에 돋아나는
녹색 순처럼 나에게는
순이 하나씩 돋아나고 있었다
오늘도
어부들의 멸치털이노래가
나에게 하나의
녹색 순을 돋아나게 한다

어느 날 하루

어젯밤부터 새벽까지
나는 아무것도 모른다
새벽에 눈을 뜰 수 있었다
신기하다

소나무 숲이 있는 바위섬에서
해가 뜨기를 기다렸다
수평선 너머에 검은 구름
바다에서 빛이 올라오면서
검은 구름이 구석구석 밝혀졌다
신기하다

막내 누님 집에서 아침을 먹고
대전으로 가기 위해
감포로 가는 버스를 탔다
차창 밖, 바다에는
수많은 에메랄드 물결이
나를 향해 반짝이고 있었다
신기하다

떠나간 그대

네가 가는 날
하늘에서 비가 떨어졌다
한동안 젖어있었다
아름다웠던 잎도
찬바람이 불면 떨어지고
날이 따스해지면
새로운 잎사귀가 돋아나듯
슬플 때가 있으면
기쁠 때도 있듯이
나의 슬픔은
슬픔으로 끝나지 않고
사랑의 싹을 몰고 왔다
이제는
너를 기쁨으로 보낼 수 있다

나에서 시작한다

꽃이 아름다웠다면
나에게 아름다움이 있었다
음악에 감동이 있었다면
나에게 감동이 있었다
바다에서 사랑이 싹텄다면
나에게 사랑이 있었다
남이 나를 미워했다면
나에게 미움이 있었다
남이 나를 경계했다면
나에게 벽이 있었다
나에게 사랑이 있었다면
다른 사람도 변화했다
나에게 정이 있었다면
다른 사람도 친구가 되었다
나 자신이 행복하면
우주도 행복하다

겨울나무

겨울나무는
겨울을 겨울이라 말하지 않는다
가을이 다 지나가면
바람도 차가운데
나무는 그때부터 촉이 나온다
나뭇잎은 떨어지고
또 떨어지고
마지막 남은 낙엽마저 떨어지고
벗은 몸으로
앙상한 나뭇가지 끝에는
파란 촉들이 돋아나고 있다
목련, 진달래, 철쭉이 그랬고
보도블록 위로 걸을 때
가로수 은행나무도 그랬다
나무는 겨울부터 그렇게
봄으로 달려가고 있었다

산이 좋다

산에 오니
홀가분해서 좋다
신문도, TV도 없다
정상에 오르니
수많은 집이 보인다
누가 좌인지, 우인지 모른다
그냥 수많은 집으로 보인다
휴식은 산이 좋을 것 같다

산에 오니
벗이 많아 좋다
새가 노래하고
다람쥐가 뛰어다니고
야생화가 반겨준다
산에 와서
산처럼 살고 싶다

부엉이의 울음

발 마사지 봉사자들이
산골 마을 경로당에 들어가자
부엉이의 울음이 들려왔다
부엉부엉 – 부엉부엉
새로운 세상에 입적했다는 신호였다
경로당 앞마당에는
파릇파릇한 풀들이
산수유나무에는 노란 꽃망울이
앙상한 나뭇가지에는
녹색 순들이 돋아나고 있었다

할머니 할아버지들은
발 마사지를 받아서
기분 좋은 것도 있지만
낯선 사람들이 왔다는 것
그 하나만으로도 좋아했다
부엉이의 울음은
여기는 별천지 세상을
알려주는 신호이었다

한의 만남

나는
반짝이는 물결 위로 걸어서
수평선까지 가고 싶어서
바다로 갔다

바다 물결은 동쪽 수평선에서부터
밀려온다, 출렁이며 또 출렁이며
끝까지 달리고 있었지만
모래사장에서 그만 주저앉는다
앞으로 갈 수도 없고
뒤로 돌아갈 수도 없는 바닷물
모래사장이 종착역이 되었다
종착역에서 들리는 파도 소리는
한이었다

나는
반짝이는 물결 위로 수평선까지
한없이 걷고 싶었지만
갈 수 없는 한은
파도 소리의 한을 만난다

3부

강가를 거닐며

강바람이 불고 있었다
갈대가 흔들거린다
갈대는 꺾이지 않고
서로 부둥켜안으며
강물을 바라본다

공감

송강사회복지관에서
화초 가꾸기 프로그램을 통해서
화초가 조금 생겼다
방에 꽃이 있으니까 기분이 좋았다
얼마 지나서 화초가 죽었다
물을 많이 준 것이 그랬다
또 화초가 생겼다
얼마 지나서 또 화초가 죽었다
물을 적게 준 것이 그랬다
너무 허전해서
유성시장에서 화초를 조금 샀다
인터넷을 통해서
화초에 대한 재배법을 익혔다
통풍, 물주기, 분갈이 등등
화초에 정성을 쏟았다
요즈음은
화초를 보는 재미가 쏠쏠하다

조금 쓸쓸한 저녁

지인으로부터 전화가 왔다
저녁을 같이 먹자는 것이다
만나기가 조금 찝찝했다
찝찝한 것보다
만나지 않는 것이 더 찝찝하다
지인을 만났다

짜장면이 먹고 싶어서 전화했다고 한다
내가 아는 짜장면 집으로 갔다
그 짜장면 집은
며칠 전부터 문이 닫혀있었다
다른 데서 저녁을 먹고
내가 아는 커피숍으로 갔다
커피숍 문이 닫혀있었다
오늘은 어쩐지
조금 쓸쓸한 저녁이었다

바닷가 점방에서

모포에서 양포 방면으로 가는데
내를 하나 건너야 하고
대진리, 영암리, 신창리를 거쳐야 하지만
어린 시절 옛 추억들을 더듬어보고 싶고
철썩거리는 파도 소리도 듣고 싶어서
바닷가 모래사장을 걸어보기로 했다
대진리에는, 어린이 놀이터는 있는데
어린 아이들은 보이지 않았다
영암에 양어머니 집에는
누가 살고 있는지도 잘 모른다
축하를 거쳐 신창까지 와서
더 이상 걸을 수가 없었다
영업하는 식당은 없고
조그마한 점방이 하나 있었다
점방에서 컵라면 하나를 주문했는데
아주머니가 물을 끓여 주고
김치까지 주었다
바다를 바라보면서 먹는
컵라면과 커피의 맛

쥐똥나무에게

3월 어느 날
704번 버스를 타고 유성으로 가는데
대덕대학을 지날 때
차창 밖 쥐똥나무는
푸른 옷을 갈아입고
버스를 타고 가는 사람들에게
행복을 보여주었다

지난 겨울에 신성동 704번 정류장에서
버스를 기다릴 때 너의 모습은
앙상한 뼈대만 있었고
침이 있어서
접근할 수가 없었는데
너에게
생명의 꿈이 있었기에
사람들이 너를 향해
죽었다 했을 때도
너에겐 푸른 생명이 있었다

청보리밭

청보리밭을 지날 때는
찔레꽃 향기에
부엉이 울음에
바람이 불 때는
푸른 물결까지
이 영상을 그대에게
드리고 싶은 마음으로
가슴이 벅차기만 했다

지금 고향에 가도
그 옛날 청보리밭은 없지만
지금도
그 영상은 살아서
청보리밭을 갖고 있다

모래사장

초등학교 갈 때는
바닷바람을 맞으며
모래사장을 걸어서 갔다

삼월삼짇날이 되면
마을 아낙네들이 모여
축제의 장이 되었다

여름밤에는
은하수와 별을 보며
모래 위에서 잠을 잤다

대전에 살면서도
어린 시절의 모래사장은
마음의 안식처가 된다

비를 맞으며

캠퍼스 문을 나오는 날
슬픈 비가 떨어졌다
하늘에서 떨어진 슬픈 비는
슬픈 비가 아니고 봄비였다
비를 맞으며
운동장을 지나서
버스터미널까지 걸었다
비를 맞으니까 춥기도 한데
춥지 않았다
쓸쓸하기도 한데
새 생명의 싹이 돋아난다
문을 나오면서
하늘에서 떨어진 비는
슬픈 비였는데
내가 맞은 비는 봄비였다

겨울 산행

그늘진 곳에는
아직 녹지 않는 눈이 있었고
산을 지키고 있는 것은
앙상한 나무들이었다
그러나
여기저기 쌓여있는 낙엽을
밟고 지나가는 사람들에게
낙엽은 자기 몸을
아낌없이 내주었다
겨울에는 비가 오지 않아도
깊은 산에는
봄, 여름, 가을에 뒤질세라
산 사람에게 생수를 주고도
그 물은 내로 흐르고
그 내는
버들강아지를 키우고 있었다
버들강아지는 앙상한
나뭇가지를 대변하고 있는 것이
아닌가

강가를 거닐며

강바람이 불고 있었다
갈대가 흔들거린다
갈대는 꺾이지 않고
서로 부둥켜안으며
강물을 바라본다

모래사장 위로 지나간
새들의 발자국
오리의 자맥질로
새들을 유혹하고

강물은
산 그림자를 뒤로 하고
그렇게 그렇게
흐르고 있는데

내 마음의 강물은
어찌 고여 있어야만
할 것인가

작은 것 하나

신탄진역 앞에서
붕어빵을 샀다
아줌마가 검은 봉지에
붕어빵을 넣어주면서
나에게
살짝 웃어주었다
신탄진역에 내릴 때마다
붕어빵 아주머니가 생각난다

어느 날 가을
벚나무 밑으로 걷다가
땅에 떨어진 낙엽
하나를 주었다
떨어진 나뭇잎 하나에도
담긴 신비의 세계는
무한하다

해맞이는 소봉대에서

소봉대에서 살던 사람들은
지금은 다 흩어져 살고 있다
고향 가도 옛사람 만날 수 없다
전국에 흩어져 사는 옛사람들
우리는 만나야 한다
우리는 소봉대에서 바다를 보고
소봉대에서 만나면서 살았다
남쪽 언덕 아래는 들국화군락지
북쪽 언덕에는 소나무숲
쥐불놀이할 때는 들국화군락지에서
오락회 때는 소나무 그늘에서
그때 그 사람들아, 우리 모두
해맞이 때는
소봉대에서 하기로 하자

산책

우수와 경칩 사이
꽃샘추위가 있을 법한데
포근한 아침이었다
어젯밤에 봄비가 내렸나 보다
땅속에 스며든 봄비가
다시 하늘로 올라간다
다시 올라가면서
나의 뇌를 감싸고 돈다
앙상했던 나뭇가지에
녹색 촉들이 돋아난다
봄소식이 바쁘게 돌고 있다
내가 걷는 이 오솔길은
태초부터 낙원이었나 봐
우리가 사는 세상에도
별천지가 있는 것 같다

해는 뜬다

해는 뜬다
검은 구름에 가려있어도
바람이 불고 비가 쏟아져도
해는 뜬다

해는 뜬다
어둠에 헤매거나
갇혀있어도
해는 뜬다

해는 뜬다
해를 갈망하는 자에게
해를 향해 가는 자에게
해는 뜬다

쇠똥구리와 나

쇠똥구리는
먹이를 찾아 헤맬 때는
앞만 보고 간다
먹이를 구하고 나면
뒤로 간다
쇠똥구리는
앞으로 가야 할 때는
앞만 보고 가지만
뒤로 가야 할 때는
뒤로도 간다

앞만 보고 걸어왔던 나
뒤로 갈 줄 몰랐던 나
하나만 생각하는 나
둘은 모르는 나

쇠똥구리를 보면서
새로운 인생을 배운다

나는 바보

나는 어마어마한 부자이다
나의 태양
나의 바람
죽는 날까지 사용할 수 있다
이것 말고 또 있다
나의 바다
나의 산
오늘도 갔다 왔다
어제도 갔고, 내일도 갈 수 있다
죽는 날까지 갈 수 있다
이것 말고 또 있지만
얼마나 있는지
얼마나 부자인지 몰라
늘
가난한 사람처럼 산다

4부

바다에서 만나자

흘러 흘러, 가다 보면
바다에서 다 만나는 거야
바다에는 산맥이 없어
그때 우리는 하나 되는 거야

방파제

조그마한 어촌에 방파제 만든 날
축제를 열고
파도의 무서움을 털어버렸다
비 오고 바람 불 때마다
바닷물이 밀려오지만
방파제가 막아주므로
어촌마을은 완전했다

그러나 세월이 흐름에 따라
모래사장은 사라져가고 있었다
바닷물은 방파제에 부딪힌다
부딪치는 압력의 힘으로
모래들을 바다로 끌고 가면서
결국은 모래사장이 사라졌다
어린 시절 동심의 광장도
찾을 길 없다

바닷물은 점점 가까이 오고 있는데
모래사장은 무엇으로 복원하는가

복수초

얼마나 사무쳤으면
남몰래 숨어서 얼굴을 내민
복수초를 만나기 위해
가장 추운 겨울에
천리포 수목원으로 갔다
바닷바람은 차갑고 추웠다
해질 무렵 물결은 울렁이는데
노을이 퍼진다
나의 마음은 노을로 향하고
노을은 나의 가슴에 와있다
해송집 창문 밖 하늘의 별들도
복수초 만남을 위해
무수히 반짝이고 있었다
달도 구름 속으로 지나가면서
손을 흔들고
철썩이는 파도 소리마저
잠들게 했다

어느 노부부의 하루

먼동이 틀 무렵
노부부는 별을 보면서
통통거리며 바다로 나간다
그물을 던질 때나
그물을 당길 때는
항상 주문을 건다
바다에서 들어올 때는
갈매기들이 영접한다

아점을 먹고 나면 경운기를 끌고
탕탕거리며 밭으로 간다
너부러진 고구마 넝쿨을 거두고
콩밭 사이에 무섭게 자란
바랭이를 뽑는다
늘어만 가는 붉은 고추와
간밤에 자란 호박 하나에
미소 짓는다

풍란

네가 누구의 손에서
얼마나 어떻게 자랐는지
그것이 중요하지 않다
삼동이 지날 때까지
극심한 한파를 견뎠다는 것
고운 자태를 지녔다는 것
그리고
나의 곁에 있었다는 것
나의 유일한 벗이었지
내가 외로울 순간도 없이
너는 아름다움으로
나는 너를 응시하므로
우리는
삼동을 보냈지

유년 시절

보리타작에서부터 모심기
논 매기, 벼 베기까지
농사할 수 있었던 것은
품앗이였다

이놈 저놈 하면서도
세시풍속 때는
하나 된다

애경사 때는
누구의 차별도 없이
마을 공동체에서 치른다

지금 그런 시절이 올까
그때가 그립다

어머니 산소에서

따뜻한 곳
바다가 보이는 곳에 무다두가*

어머니가 저에게 준 바다
잘 보이시죠
어머니가 살아생전에 바다는
그렇게 흥미가 없었습니다
지금은
어머니의 바다가 없으면
살아갈 희망이 없습니다
외롭고 지칠 때 나에게는
어머니의 바다만 있으면 됩니다
어머니의 바다는 서러움과
인내로 만들어진 바다입니다
아들은
어머니의 바다만 있으면
무엇이 두렵겠습니까

*평소 어머니가 자주 하시던 말씀으로, 경상도 사투리로 '묻어달라'는 말

바다에서 만나자

우리는 어디로 가는 거야
서쪽으로 가는 거야
동쪽으로는 갈 수 없는 거야
산맥 때문에 안 돼 임마

우리는 어디로 가는 거야
동쪽으로 가는 거야
서쪽으로는 갈 수 없는 거야
산맥 때문에 안 돼 임마

흘러 흘러, 가다 보면
바다에서 다 만나는 거야
바다에는 산맥이 없어
그때 우리는 하나 되는 거야

뉘우침

어머니의 바다를 보고 있어요
해산물을 잡아 올 것만 같아요
구덕에서 나를 잠들게 한 다음
어머니의 물질은 시작되었습니다
편안한 마음으로 물질할 수 없었다는 것
이제야 뉘우치게 되네요

해는 지고 어둠은 오고 있습니다
집으로 갈 때 어머니께
업어달라고 했습니다
어머니는 걸어가자고 했습니다
어머니는 가고 나는 주저앉았습니다
어머니가 다시 와서 나를
업고 집으로 갔습니다
하루, 온종일 물질이 얼마나
힘 드는 일인지
이제야 뉘우치게 되네요

바다의 아픔

사람들이 바닷가에 와서
모래사장 위로 걸어가는
모습을 볼 때가 좋았다
요즈음은
내가 토해낸 부산물로
전처럼 걷는 이가 없다
나는 태풍을 싫어한다
속이 메스꺼울 때는 그렇지 않다
토해내지 않으면 숨 쉴 수 없다
바람을 기다리다가 비를 기다리고
비를 기다리다가 바람을 기다리고
기다리다 보면 태풍이 일고
태풍이 일어날 때
나는 메스꺼운 것들을
모조리 토해낸다

나의 꿈

나의 꿈은
한 곳에 머물지 않았다
고향을 떠날 수 있었고
홀어머니를 버릴 수 있었다

나의 꿈은
관념에서는 보이는데
현실에서는 보이지 않는다
시련과 좌절이 왔다

나의 꿈은
관념에서의 현상이었다
보이는 자와 함께 하는 것
이런 것이 나의 꿈

섬

오는 사람도 가는 사람도 없는
외로운 섬에서
밤마다 철썩이는 파도 소리만
적막하게 들려 온다
뱃고동 소리를 듣고 혹시나
찾아오는 이 없을까 하고
부둣가에 나갈 때가 좋았다
섬사람의 유일한 벗은
오직 파도 소리뿐이다

지금은
섬만 섬이 아니다
백두산에서 한라산까지
섬 아닌 곳이 없다
오는 소식도 가는 소식도 없는
고립된 곳에서
벌레 소리만 들려온다

때 이른 진달래

추운 겨울에
깊은 산속 남쪽 언덕 아래
진달래꽃이 피었다
진달래는
봄이라 착각한 건 아니지,
봄까지 기다리기에는
너무나 따분해서가 아니지,
모두 따뜻한 태양을 그리워하는
계절에
자기에게 찾아온 태양을
밀어낼 수는 없었다
또다시 이런 기회가 오겠는가
따뜻한 태양이
자기를 찾아주었을 때
진달래는
거절하지 않았다

진정한 만남

선유도 바닷가를 걸었다
찰싹찰싹 파도 소리
이 소리는
내가 동해 바닷가에서 들었던
소리와 똑같은 소리였다

도둑놈을 만나면
설교하지 마라
자기도 함께 도둑놈이
되어주어라

오늘의 태양
오늘의 바람은
너와 나의 것이 아닌가

가고 싶은 곳

내가 태어난 마을 깊은 산골에
나의 아지트가 있었다
아지트가 생긴 것은
월동준비를 하기 위해서
산에서 나무를 하다 생긴 아지트였다
매일 그곳에서 나무를 하면서
목마르면 퐁퐁 솟아나는 샘물이 있고
피곤하면 휴식처가 있었다
처음 산골에 갔을 때는
산골과 친숙하지 않았다
자주 가면서 산골은
내 마음 한 곳을 차지하면서
친구가 된 것이다
아지트를 떠나온 지도 40년
지금도 그곳이 그리운 것은
그리운 사람을 생각하는 곳은
산골이 유일한 매체가
되었기 때문일 것이다

유성장에서

산에는 야생란이 있는데
어디 가야 있는지 잘 모른다
그런데
유성장에서 야생란을 만났다
땅바닥에 앉아서 할머니는
아들이 캐온 거라 했다
야생화를 팔기 위해
오가는 사람을 보고 있었다
아들이 캐온 야생화를
주인을 만나게 하려고
할머니는 온종일 유성장에서
사람을 기다리고 있었다
나는 산을 헤매지 않고
유성장에서 야생란을 만났다

5부

영원을 사모하는 마음

엿 팔기 위해
송강 전통시장까지 왔지만
가위 소리를 내는 만큼
엿이 팔리지 않는다
엿 하나 바라보고
가위 소리를 내는 것은
아닌 것 같았다

잡아먹어라

15평 임대아파트로 오는 날
너무나 기뻤다
여기저기 이사하지 않아도 된다
좋긴 했지만
별이 몇 개씩 가진 자들의
과잉친절이 괴로웠다
괴로울 때마다
내가 사는 아파트에서
다른 곳으로 이사하고 싶었다
불안한 세월 속에도
"비늘 없는 것도 잡아먹어라"
는 음성을 명상으로 들었다
별 가진 자를 수용하라는
신호였다
그 후 나는
이사 하고 싶은 마음은 접고
살면서 극복하기로 했다
요즈음은
별 가진 자를 향해 가고 있다

무관심

704번 정류장에서 집으로 가는 길
송강프라자와 송강어린이집 사이에
장사하는 아저씨가 있다
포토 트럭 위에는 젓갈류와 뻥튀기과자들
그 아래는 견과류와 각종 씨앗들
그리고 한약 재료들
하루에도 수많은 사람이 지나간다
관심을 가지는 사람이 없다
흥정하는 사람도 없다
나 역시 관심 없이 지나다녔다
아저씨는 지나가는 사람들을
쳐다만 본다
그러다 졸 때도 있다
수요일에는 변함없이
그곳에 아저씨가 있다

강 건너 불

어느 강둑 아래
허름한 판잣집 한 채
노파가 살고 있었다
울타리도 없고
녹슨 자전거 한 대
노파의 집을 지키고 있는 것은
미루나무 한 그루
강물은 금강으로 흐르고
바람이 불면
갈대만이 서걱거린다
노파의 삶이
너무나
궁금하지만

말

말은 우주에 가득 차 있다
천국에 수십 번 갔다 올 만큼
풍성하게 있다
필요한 것은 너와 나의 만남이다
그런데 자꾸 말만 찍어낸다
이 세상에 태어나서
한 사람만이라도
제대로 사랑할 수 있다면
이 세상은 아름다워질 것이다
만나고 싶은 사람은 만나라
도와야 할 사람은 도와라
사랑할 사람은 사랑하라
말은 우주에 가득 차 있는데
말만 찍어내지 말고
사랑할 사람은 사랑하라
기회는 냉정한 것

가벼운 짐

행복하게 살 권리가 있지만
일자리가 하늘에 별 따기다
살아가려면 너무나 까다롭다
어렵고 복잡한 것에 지쳐있다

어느 가을 미호천을 걸었다
코스모스의 세상이 있었다
코스모스 세상 사람이 되었다
근심도 없고 걱정도 없는 세상

입장료도 내지 않고 그냥 왔다
어떠한 서류도 제출하지 않았다
쉽게 코스모스의 세상에 왔다
그냥 코스모스 사람이 되었다

영원을 사모하는 마음

어느 날
송강 전통시장에서
엿장수를 만났다
트로트 가락에다
쨍그랑거리는 가위 소리에
빨려든다
새로운 분위기에 취할 수 있었다
엿 팔리는 모습은 보이지 않는데
쨍그랑거리는 소리에만
혼신을 다 바치고 있었다
엿 팔기 위해
송강 전통시장까지 왔지만
가위 소리를 내는 만큼
엿이 팔리지 않는다
엿 하나 바라보고
가위 소리를 내는 것은
아닌 것 같았다

풍랑을 만나서

바다에 풍랑이 있었다
배는 넘어질 것 같았다
예수는 잠자고 있었다
무서움에 떨다가, 떨다가
잠자는 예수를 깨웠다
바다는 잔잔했다

나에게 장벽이 있었다
넘을 수 없는 장벽
돌아갈 수도 없다, 억울해서
잠자는 예수를 깨웠다
넘을 수 없는 장벽을
예수가 넘게 했다

내가 한 것은
잠자는 예수를
깨우는 일만 했다

죄인의 친구

의인도 없고
죄인도 없다

그러나
우리가 사는 세상에만
의인도 있고
죄인도 있다

나는
내가 만든 의인이 있고
내가 만든 죄인이 있다
나보다 우월하다고 생각하는 사람을
의인으로 만들었다
나와 함께 친구가 되는 사람을
죄인으로 만들었다

나는 죄인과 함께
친구가 될 것이다

당신 만나기

고향 바닷가에 가서
모래사장을 걸었습니다
아버지 산소에 갔습니다
당신을 만나지 못했습니다

깊은 산속에 가서
밤새도록 소나무를 잡고
부르짖었습니다
당신을 만나지 못했습니다

절박한 고립에서
의욕이 탕진되었습니다
절벽을 선택하는 길목에
당신이 나타났습니다

넘어가라

이겨서 남는 게 뭐가 있간디
속만 터져
그냥 넘어가
그래도, 억울하거든
산으로 가봐
야생화가 너의 길을
안내해 줄 끼여

답답한 것
생각하지 말고 넘어가
그래도, 억울하거든
훌훌 털고 바다로 가봐
너의 마음은
바닷바람이 씻어줄 걸세

충돌하지 말고
넘어가
그것이 사는 걸일세

나의 바다는

나의 바다는
잘못 걸었을 때
태풍이 일어났습니다
비가 오더니
바람이 불더니
드디어, 태풍이 일어났습니다

나의 바다는
울적하고 답답할 때
잔잔한 바다를 보여주었습니다

나의 바다는
내가 문제가 있을 때
나를 바다로 불렀습니다
답을 찾을 때까지
모래사장을 걷게 했습니다

죄인으로 살겠습니다

의인이 아니기에 죄인으로 살겠습니다
죄가 있으면서 없는 척했기에 죄인이 되겠습니다
모든 사람을 용서하려고 죄인이 되겠습니다
다른 사람을 비판하지 않으려고 죄인으로 살겠습니다
모든 비난과 시비하지 않으려고 죄인이 되겠습니다
자연에 대한 감사를 몰랐기에 죄인이 되겠습니다
더 죄인이 되지 않으려고 죄인으로 살겠습니다
죄인과 친구 되려고 죄인으로 살겠습니다
행복하게 살려고 죄인으로 살겠습니다

나의 행복

내가 태어난 고향에는
조그마한 예배당이 있다
나는 예배당에서 꿈을 키웠다
아름다운 세상을 만드는 꿈
꿈 하나 갖고
집을 떠나왔다
꿈은 꿈으로 간직하고
현실은 아니었다

늦은 세월에
경로당에 갔다
어르신들에게 발 마사지를 해주었다
어르신들이 좋아하는 모습을 보았다
나는 행복했다
나도 다른 사람을
기쁘게 할 수 있다는 행복

품꾼의 하나로

발 마사지 봉사할 때도
품꾼의 하나로
갑이 되는 순간
봉사의 효과는 사라진다

어떤 모임에 갈 때도
품꾼의 하나로
주인공이 되지 않아도
시험 들지 않는다

가정에서도 품꾼의 하나로
집이 조금 지저분해도
여기저기 정돈하면 된다

다른 사람을 만날 때도
품꾼의 하나로
시비할 일이 없다

너에게 가는 길

산골에 친구가 살고 있다
수요일 밤과 일요일에는
눈이 오나 비가 오나
바닷가 교회로 오는 친구가 있다
수년간 변함없이 찾아오는데
나는 친구가 어떻게 사는지
궁금하면서도 찾아가지 못한 것이
친구의 집으로 찾아가는
걸음이 되었다

버스가 없는
꾸불꾸불하고 좁은 길
도토리가 낙엽 위로 떨어지는 소리
나무로 오르고 내리는 다람쥐
나무 그늘에 녹다 남은 눈들
그래도 양지쪽 언덕에서
파랗게 돋아나는 풀의 미소
친구에게 가면서 새로운 친구를 알게 된다

내가 친구를 찾아가는데
친구가 나를 찾아오고 있었다

해설

향수와 영원 지향의 시정신
−이유토(李有土)의 시 세계

조남익(시인)

향수와 영원 지향의 시정신
─이유토(李有土)의 시 세계

조남익(시인)

1. 서정시의 직관과 통찰

이유토의 첫 시집 『귀비고』에는 자아의 내면이 집중된 체험의
세계를 현재의 시점에서 파악하여 표현한다. 예술의 심미적 성
격이 대상을 주관으로 끌어들여 자아화(自我化)하는 시작의 일
반적 경향이다.

이유토의 이 시집은 《창조문학》(2011)에서 등단한 지 10년만
의 첫 수확이다.

흔히 서정시는 시의 원형이며, 영원한 시의 고향으로 일컬
어진다. 또한 시 쓰기의 초기에는 서정시로 출발하는 것이 일
반적인 경향이라 할 수 있고, 점차 연륜이 쌓일수록 시의 내용
과 형식을 확충시키면서 시의 내용과 형식이 변하는 모습을 보
게 된다.

서정시는 무엇보다도 짧은 편이다. 명시의 조건이란 암송하
기에 알맞은 바를 찾게 되는 것이므로 전통적으로 단형을 위주

로 오랜 역사를 이어온다.

이유토의 시도 거의가 단형이다.

서정시의 효용성은 정서의 서정화를 통해 독자의 감정을 순화시키며, 강렬한 고양과 감동을 불러일으키는 데 있을 것이다.

감정의 카타르시스는 서정시의 본질이며, 그 효용성이라고 하겠다. 따라서 서정시는 타 장르의 시에 비해 정서적 감응력이 높은 편이다.

서정시의 두 번째 특징은 그 운율의 언어적 완성이다. 낭독하거나 암송하기에 알맞은 리듬이 있게 된다. 우수한 서정시 일수록 정서적 환기력이 고도의 운치를 자아내게 된다.

그러나 오늘날의 서정시는 상당한 도전과 변화에 직면해 있다. 50년대까지만 해도 정통의 서정시가 주류를 이루고, 또한 명시가 인구에 회자되기도 했다.

그러나 60년대에 이르러서는 시에 사회성과 시사성이 결함되기 시작했고, 이것을 다시 이념의 무장으로 변한다. 특히 민중시의 위세 앞에서 서정시는 거의 수세에 몰리게 된다.

이와 같이 서정시의 정통성이 많은 도전을 받았지만, 오늘날 서정시가 여전히 시의 분류가(5페이지) 되어 온 것을 서정시의 혁신에서가 아니라, 민중문학이니 민중시 또는 해체시 등이 한때의 성황을 끝으로 퇴로했기 때문이다.

이런 사정은 구태의연한 서정시로는 앞날을 예견할 수 없게 한다. 서정시도 서정의 지성화 또는 개방적인 사회성 역사성 예언서 등의 변화가 요구된다. 환골탈태하는 서정시의 변화는 오랜 숙제라고 할 수 있을 것이다.

이유토의 시를 보기로 한다.

의인이 아니기에 죄인으로 살겠습니다
죄가 있으면서 없는 척했기에 죄인이 되겠습니다
모든 사람을 용서하려고 죄인이 되겠습니다
다른 사람을 비판하지 않으려고 죄인으로 살겠습니다
모든 비난과 시비하지 않으려고 죄인이 되겠습니다
자연에 대한 감사를 몰랐기에 죄인이 되겠습니다
더 죄인이 되지 않으려고 죄인으로 살겠습니다
죄인과 친구 되려고 죄인으로 살겠습니다
행복하게 살려고 죄인으로 살겠습니다

– 「죄인으로 살겠습니다」 전문

불과 9행의 단형인데, 시의 발상이 참신한 편이다. '죄인'이란 죄를 지은 사람으로 누구나 기피하는 것이요, 경계하는 것인데, 그것이 유려한 열거법을 타고 인격적 새로운 등화에 이른다. 뜻의 긴장과 통찰이 함께 일으키는 리듬을 보게 한다.
그것은 시인의 시적 혜안(慧眼)인 것이다.
하늘은 덮어주지 않음이 없고, 대지는 실어주지 않음이 없다(無不覆幬[무불복주], 無不持載[무불지재])라는 명언이 있지만, 여기 시의 '죄인'은 전혀 뜻밖의 인격의 발로를 보인다. 그것은 도덕적 성격이 아니요, 시인적 기질이었다.
시의 직관이란 그로테스크한 상상력을 빚어낸다. 상호 충돌의 낯섦 속에 이 시의 육화와 화해의 정신이 번득인다.

시는 본래가 설명의 말이 아니라 직관의 말이다. 추리나 경험 따위의 간접적 수단에 따르지 않고 대상을 직접 파악하는 것이다. 사물이나 가치관에 대하여 직접 해설하지 않으며, 상상력에 떠오를 것을 진기류의 조림에 임하는 것이다. 시의 주관적 표현이 곧 여기에 있었다.

2. 향수와 경험세계의 미학

현재 대전에 거주하고 있는 이유토 시인의 고향은 경북 포항이다. 그는 대전에서 침례신학대학을 나오면서 대전에 정착한 것이 아닐까 한다. 포항은 영해의 영일만에 위치해서 울릉도를 왕래하는 정기 항로가 있고, 멀리 일본과도 항로가 열려있는 것으로 알려진다.

대전에서 포항을 찾아가는 길은 조금 먼 편이고, 교통도 불편한 점이 있게 될 것이다. 그러나 그의 향수는 이번 시집에서 적지 않게 반영되어 있음을 보인다.

대개의 경우, 시인들의 초기 시에는 향수의 시편이 거의 빠지지 않는다. 고향의 체험이나 그리움은 누구에게나 가장 소중한 유산이고, 간절한 전서 때문일 것이다.

이유토 시인은 자신의 외톨이 신세와 부모를 그리워하는 시상을 보이지만 그것이 생경하게 노출되지 않는다. 은은한 향수의 정신적 성숙이 뒷받침되고 있기 때문이다.

(A)
어머니의 바다에 가면
모닥불 흔적이 있다.
바다에서 나오면
모닥불을 피워서 몸을 녹인다
얼었던 몸이 녹으면서
서러웠던 마음도 녹인다

어머니의 바다에 가면
반짝이는 물결이
수평선까지 뻗어있다.
어머니는 반짝이는 물결 위로
수평선을 향해 걸어간다

어머니는 하늘나라에 가시면서
어머니의 바다를 나에게
유산으로 물려주었다.
나는 어머니의 바다를 보면서
살아간다

– 「어머니의 바다」 전문

(B)
대전에서 고향 가려면

감포를 거쳐야 한다
감포에서 고향 가는 버스는
한 시간 기다려야만 했다
한 시간 동안 감포 어시장에 갔다.
어시장에 들어가자 어부들의
멸치털이노래가 찡하게 울려 퍼졌다.
감포는 나에게 사연이 많은 곳
아픈 사연을 생각할 때마다
앙상한 나뭇가지에 돋아나는
녹색 순처럼 나에게는
순이 하나씩 돋아나고 있었다
오늘도
어부들의 멸치털이노래가
나에게 하나의
녹색 순을 돋아나게 한다.

－「감포에서」 전문

　사랑의 빛깔은 영혼의 빛깔일까. 고향의 노래가 어머니의 바다로 환치되면서 시의 주제가 깊이를 얻는다. 고향이란 태어나서 자란 곳이고 조상 때부터 대대로 살아오기도 했던 곳으로 초연하기가 그리 쉽지 않은 대상이다. 그러나 (A)는 어머니의 마음으로 응결되었고 '어머니의 바다에 가면/반짝이는 물결이 수평선까지 뻗어있다'고 노래한다.

이에 비하여 (B)는 '감포'라는 구체적 지명이 제시된다. 그리고 향토적인 어부들의 멸치털이 노래가 나온다. 단순한 고향풍물로 그치지 않고, 시의 후반부에 가면 '오늘도 어부들의 멸치털이 노래가/나에게 하나의/녹색 순을 돌아나게 한다'고 발상의 전환이 신성한 바가 있다.

시인은 자기감정의 해소에 급급하지 않는다. 만일 자기감정에 전전긍긍하는 경우라면 시의 품위는 떨어질 수밖에 없을 것이다. 시는 생명력의 꽃으로 피어나야 하기 때문이다.

한 편의 시는 독립된 존재물이다. 그 자체로서 유기적인 생명력을 가진다. 또한 시가 지은이로부터 분리되어 나오고 시는 독자들에 의해 생명력을 갖는다. 이 생명력은 시인의 내면 속에 있는 것들이 자연 발생적으로 드러나는 표출인 것이다.

서정시의 개념에서 주목해야 할 것은 '주관시'라는 부분이다.

이 '주관시'는 시의 가치기준을 재현하거나, 재현해야 하는 대상들에 대한 재현적 진실에 맞추어야 한다. 이 재현적 진실은 시인이 체험이나 생활 파편 등 곧 일상적 삶의 반영이다.

향수의 시세계는 그것의 '자기표현'에 따라 시의 독창성과 진실성이 있게 된다.

이유토 시인의 향수 관련 시편들은 비교적 안정된 수준을 유지하고 있음을 보인다고 할 것이다.

3. 섬광 또는 절제적 이미지의 긴장

흔히 좋은 시에는 발상부터가 섬광 같은 획기적 주제 또는 고암적인 이미지의 긴장이 시에 녹아있어야 하는 것으로 본다. 시의 긴장과 위풍이 여기서 발단되며 시의 현대성을 효과적으로 드러내야 하는 것이기 때문이다. 초현실주의 시기법이 알게 모르게 활용되는 이면에는 이런 이유일 것이다. 형태의 변형, 이질적 결함, 공간의 혼란 등이 시의 기법에 작용하고 있음을 볼 수 있다.

의식의 본질은 거울과 흡사하고, 근원으로 돌아가면 뜻을 찾아낸다. '신발이 맞으면 신발의 존재를 잃는다'(장자)는 말이 있는데 시의 전신적인 경지가 거기 있고, 신운(神韻)을 찾고자 한다.

도덕성의 빛, 지성의 빛은 전지전선(全知全善)의 신(神)이다. 미학적 쾌락, 미학적 경험은 무의식의 철학이기도 하고, 종교성을 보이기도 한다. 초자아의 학대인 것이다. '별이 반짝이는 하늘'을 발견하며 경탄케 하는 것은 자아가치의 외경에서 다가올 것이다.

앞에서 말한 직관은 잠깐 사이에 고금을 살핀다. 눈 깜짝할 틈에 사해를 누른다. 천리를 품 안에 넣고 만물을 붓끝으로 꺾는 경지인 것이다.

(A)
발 마사지 봉사할 때도
품꾼의 하나로

갑이 되는 순간
봉사의 효과는 사라진다

어떤 모임에 갈 때도
품꾼의 하나로
내가 주인공이 되지 않아도
시험 들지 않는다

가정에서도 품꾼의 하나로
집이 조금 지저분해도
여기저기 정돈하면 된다

다른 사람을 만날 때도
품꾼의 하나로
시비할 일이 없다

- 「품꾼의 하나로」 전문

(B)
나는 어마어마한 부자이다
나의 태양
나의 바람
죽는 날까지 사용할 수 있다
이것 말고 또 있다.

나의 바다
나의 산
오늘도 갔다 왔다
어제도 갔고, 내일도 갈 수 있다
죽는 날까지 갈 수 있다
이것 말고 또 있지만
얼마나 있는지
얼마나 부자인지 몰라
늘
가난한 사람처럼 산다

– 「나는 바보」 전문

이유토의 시세계는 범상치 않은 자아세계를 안겨준다. 그것
은 범상하지 않은 직관이다. 우주만물의 참된 실재는 정신적인
것이며, 숫자적인 것은 그 현상에 불과하다는 시적 유심론(唯心
論)의 깊이가 있다.

이 시집의 표제이기도 한 (A)「품꾼의 하나로」의 '품꾼'이라는
말은 조금은 낯선 것일 수 있다. '품꾼'은 '품팔이꾼'의 준말이
고, 어떤 일을 하는 데 드는 노력이나 수고가 곧 '품'이며, 그 일
을 하여 살아가는 사람을 가리킨다.

이 시의 주제는 시인이 그 '품꾼'을 자처하는 데 있을 것이다.
일반적으로 사람들은 자존심이 많고 그것을 긍지로 여기는 것
이 우리들 일상생활이다.

그러나 이 시는 철저한 '겸손'의 뜻을 시로 쓴다. '발 마사지, 모임, 가정, 만남' 등에서 그 처신이 자연스런 숨결을 이루고 있다.

결국 이 세상을 살아가는 '나'는 수많은 '품꾼' 중의 하나일 뿐이라는 본질을 보인다. 그 인격적인 노출을 충분히 새로운 발상의 시로 읽는 이로 하여금 감탄케 하는 바가 있다.

어쩌면 그것은 섬광이며, 절제적 이미지의 긴장을 야기시킨다. 이유토 시인의 범상치 않은 시심을 접할 수 있을 것이다.

(B)의 「나는 바보」도 겸허한 인생론의 발로이다. 더구나 이 세상을 품고 사는 나는 '어마어마한 부자'인데도 그걸 모르고 '가난한 사람처럼 산다'는 것이다. 시적 깊이를 새롭게 잡을 발상일 것이다.

이유토 시인은 침례신학대학을 나온 전문적인 크리스천이지만, 그의 작품에는 거의 종교적 신념을 보이지 않고, 오히려 새로운 인생관 사회관 우주관이 시에 담긴다. 독특한 한 시인으로서 우뚝 선 모습이 그에게 있다.

하늘의 그물은 성글어도 빠트림이 없고, 숭고한 덕은 골짜기처럼 비어있는 것이라 했는데, 이 시인의 시에는 범상치 않은 놀라움을 준다.

시는 본래 '자기표현'이 목적이 된다.

그리고 그의 성실성, 개성적인 것, 독창적인 것이 그 기준이다.

이유토의 서정적 자아는 주관과 객관, 감정과 이성이 구분되기 보다는 천인합일(天人合一)에 도달하려는 시인적 본연지성(本然之性)과 기질지성(氣質之性)의 세계라고 할 것이다. 그가 종교인

이면서도 그것을 초월할 수 있는 것은 이 때문일 것이다.

4. 영원을 향한 나의 행복

이유토의 시에는 시의 오랜 관습인 사물이나 자연에 대한 묘사가 거의 없고, 시상의 전개도 직접적인 언질은 매우 드문 시풍에 있다. 그의 시상은 본질적으로 영원무궁한 먼 곳을 향하고 있기 때문일 것이다.

가령 그의 「바다에서 만나자」는 시에서도 '동쪽으로는 갈 수 없는 거야'(1연), 또한 '서쪽으로는 갈 수 없는 거야'(2연)에 보이는 것을 동서쪽이 모두 갈 수 없는 것이 된다. 그러나 시상의 전개는 '바다에서 다 만나는 거야/바다에는 산맥이 없어/그 때 우리는 하나 되는 거야'(3연)로 결국 지상이 아닌 '바다의 만남'이 된다.

또 「바다에서」란 시에서는 '바다에 풍랑이 있었다/배는 넘어질 것 같았다/예수는 잠자고 있었다'(1연)며, '잠자는 예수를 깨웠다/넘을 수 없는 장면을/예수가 넘게 했다'(2연)고 '예수'가 등장한다.

그의 '바다의 만남'은 곧 영원을 향한 것이며, 그의 시가 숨 쉬며 승화되는 공간이다. 작품을 더 보기로 한다.

(A)
어느 날

송강 전통시장에서
엿장수를 만났다
트로트 가락에다
쨍그랑거리는 가위 소리에
빨려든다
새로운 분위기에 취할 수 있었다
엿 팔리는 모습은 보이지 않는데
쨍그랑거리는 소리에만
혼신을 다 바치고 있었다
엿 팔기 위해
송강 전통시장까지 왔지만
가위 소리를 내는 만큼
엿 하나 바라보고
가위 소리를 내는 것은
아닌 것 같았다

– 「영원을 사모하는 마음」 전문

(B)
내가 태어난 고향에는
조그마한 예배당이 있다
나는 예배당에서 꿈을 키웠다
아름다운 세상을 만드는 꿈
꿈 하나 갖고

집을 떠나왔다
꿈은 꿈으로 간직하고
현실은 아니었다

늦은 세월에
경로당에 갔다
어르신들에게 발 마사지를 해주었다
어르신들이 좋아하는 모습을 보았다
나는 행복했다
나도 다른 사람을
기쁘게 할 수 있다는 행복

- 「나의 행복」 전문

'영원의 길'이란 공상의 세계가 아니라 현실적 삶으로부터 비롯된다. 어떤 삶이 '영원인가'를 그의 시들은 보여준다.

(A)는 시 제목이 '영원을 사모하는 마음'에서 힌트를 주고 있지만, 막상 시에서는 결구에 배치된다. '엿 하나 바라보고/가위 소리를 내는 것은/아닌 것 같았다'고 엿 장수의 내면세계에서 영원을 찾는다.

(B) 「나의 행복」은 조그마한 예배당에서 가진 꿈이 '아름다운 세상을 만드는 꿈'이라 했고, 그것을 '꿈으로 간직'하게 된다. 그리고 작중 화자는 경로당에서 '어르신들에게 발 마사지'를 해주고, '나도 다른 사람을/기쁘게 할 수 있다는 행복'에서 비로소

나의 행복을 갖게 된다.

이와 같은 시의 내용이나 정취는 평범한 듯 하면서도 사실은 비범한 인간적 측면이 시선을 집중시키는 점에 있을 것이다. 단순한 착한 일이 아니고 시적인 정취가 묻어 있음을 느끼게 한다.

이유토의 시는 영원을 향한 서정적 숨결이 시로 등장하면서 그 진솔함이 감동을 주는 점이 시의 매력적인 주제의식이 된다.

다시 말하자면 미적 정서는 시의 본질적 요소이다. 이유토의 시세계는 그 인격적 측면이 부상하는 점에서 깊은 신뢰가 있음을 유의할 필요가 있을 것이다. 작품 속에 얼마나 질 좋은 사상이 담겨 있느냐에 따라 작품의 가치가 좌우된다. 그것은 일반 도덕적 차원과는 아주 다른 개념이다.

이유토 시인은 종교인으로서의 수양과 평생의 삶, 그리고 문학적인 수양 등에 의하여 그의 시는 사상과 언어적 완성의 길에 들어선다. 그 인격적 발로가 시적 기질에서 성취되고 있다는 점에서 앞으로의 기대가 적지 않다고 하겠다.

훌륭한 시인은 좋은 동시를 쓰는 것으로도 알려졌는데, 이유토의 경우 사상적 배경이 현실적 논리보다는 동시적 개념에 가까운 것임을 유의할 필요가 있을 것이다.

가령 앞의 인용 시 「나의 행복」에서도 어르신들에게 발 마사지를 해주는 선행과 좋아하는 어르신들, 그리고 '나는 행복했다' 등의 진술은 모두 순진무구한 동심세계와 다름없는 것이다.

뿐만 아니라 그의 시에 일관되게 흐르는 시풍은 천진난만한 어린이 세계가 감싸고 있는 자기류의 인성을 도야하고 있음이다.

시는 철저한 언어완성의 작품이다. 이 점에서 끊임없는 연마가 요구되며 시인의 책무도 결코 적다고 할 수 없을 것이다.

이번 시집의 시편들은 단아한 자기완성이 보이며 언어적 기품이 살아있다고 할 것이다.

시인들의 언어 용법을 두고 사르트르는 일찍이 '시는 언어를 사용하지 않고, 도리어 그에 봉사한다'고 한 지적이 많이 알려지기도 했다.

이번 시집은 시인의 첫 시집이다. 그에게는 이제 새로이 거듭남도 있어야 할 것이다. 편협한 소재 선택이 있었다면 더욱 확충시켜야 할 것이고, 서정을 위한 서정이 아니라 지성적 강화도 새로운 활로로 응용될 수 있을 것이다.

첫 시집에서 앞으로의 가능성을 충분히 엿보이면서 기대를 모으게 한다. 다시 한번 축복과 건승을 빌어마지 않는다.

영성과 감성의 언어 미학

정호완(시조시인)

　어두운 밤에 잠들지 않고 술렁이는 파도와 바람, 그리고 갈매기 소리로 물들인 시인의 감성과 영성은 어떤 것일까. 시집『귀비고』에 담긴 때 묻지 않은 유토 시인의 영혼이 갈망했던 앞으로 열망하는 정신세계는 어떤 것인가. 시인이 꿈꾸어 만들어낸 문학공간에는 어떤 사유의 숲에서 파랑새가 둥지를 틀고 문학적인 감성과 영성의 교향악의 가락 마디들이 해조음을 노래하고 있는가를 더듬어 본다. 가늠하건대, 시인의 시세계에 자리하는 시간과 공간, 그리고 사유와 사유들의 관계가 그지없는 흐름으로 내를 이루고 강물이 되어 상상력의 바다로 흘러서 간다. 그 상상력의 디딤돌은 시인이 바닷가에서 자라면서 어린 시절 듣고 보면서 꿈꾸었던 체험과 시인 특유의 개성어린 감성의 베올 짜기로 빗댈 수 있을 것이다. 베를 짤 때 누군가 부르던 베틀노래며 바다에서 물질하며 때때로 불러주던 어머니의 자장가의 가락이 품꾼의 굽이마다에 농익은 듯하다. 평자가 살펴본 바를 크게 다섯 가지로 간추리면 이래와 같다.

1. 바다가 길러준 감성과 체험의 상상력

문학적인 상상력의 뿌리는 체험과 개성이다. 영일만 바닷가, 그것도 연오랑 세오녀 전설의 고향에서 자라난 유토 시인의 체험과 영감이 생성된다. 망팔의 나이에도 유소년기의 파도 소리를 들으며 새벽닭 울음소리를 듣는다. 때로는 갈매기 소리로 듣는다. 거칠 것 없이 열린 공간으로 불어 닥치는 바람 소리와 파도 소리에서 고향집 어머니와 아버지의 목소리를 듣고 소리에 담긴 되돌아봄의 웅숭깊은 시적 영상을 떠올린다. 물질하던 어머니의 모습에서 세오녀를, 더러는 신사임당 같은 구원의 여인상을 자아낸다. 바람 찬 겨울 해변에서 손을 흔들어 해를 맞이하는 곰솔나무숲 같은 청청한 이미지로 영감을 불어넣는다. 고향을 떠나 자신의 둥지를 튼 한밭에 살면서 고향을 찾아가도 그리운 어버이와 어릴 때 동무들을 만날 길은 없다. 애틋한 그리움으로 메아리쳐 간다. 오롯한 시인의 문학공간에서는 선돌은 고향으로 가는 이정표로 서 있는 장승배기이기도 하다. 회상의 뭇 새들이 파도 소리로 바람 소리로 끊임없는 영감과 감성의 숲으로 지친 날개를 쉬어가고 새끼를 낳아 기르고 있다.

어린이는 어른의 아버지라고 한다. 나이가 들어 어른이 되었어도 영감어린 고향의 언덕은 늘 푸른 숲으로 다가오기 때문이다. 때로는 바다에 이는 파도 소리와 바람 소리로 세파에 지친 자신의 안식과 영성어린 어머니의 목소리를 들을 수 있다. 이로써 곧 시적 자아에 눈을 뜨게 해준다. 밤바다에 새벽같이 일어나 가스 불을 밝히고 고기 잡던 아버지의 영상이 고요한 아침

바다에 떠오르는 해처럼 어린다. 때로는 누이와 함께 모래밭을 걸으며 나누었던 고향 이야기며 고단한 삶의 사연들이 바닷가 밤하늘의 별처럼 영감어린 화두를 자맥질한다. 시인의 행복 체험을 위한 활동에는 경로당 어른들의 발을 만져 주는 마사지 과정에서 어른들이 좋아하는 모습을 바라보며 앞서 가신 고향 부모님이 투영되면서 그저 감사하고 행복한 감성이 부엉이 울음소리에 어우러진다.

2. 쉽고 자연친화적인 화두

유토 시인의 시적 언어는 비교적 짧고 읽어서 알기 쉽다. 우리의 국보 70호인 훈민정음처럼 말이다. 한마디로 흔히 친구와 주고받는 대화 같은 느낌을 준다. 누구에게나 어리둥절 모를 말이나 낯설게 하기와 풍자나 반어가 그리 많지 않다. 일상 속에서 시적 사유와 관조를 찾아낸다. 언어 예술로서 시의 언어미학적 연금술이 담긴 문체로 읽게 된다. 이는 솔직한 시인 특유의 성정과도 맞물려 있다. 신학과 문학적인 영성과 지성을 지닌 시인의 경륜으로 미루어 볼 때 그 많은 상징과 은유를 갈고 닦았을 터인데도 그런 느낌이 없다. 밥 먹고 난 뒤 커피나 숭늉을 마시듯이 편안하게 그러면서도 시인이 하고픈 이야기와 시적 사유를 넉넉하게 가슴으로 느끼게 한다. 머리가 아닌……. 화초를 잘 가꾸려고 물을 많이 주어도 너무 적게 주어도 마침내 죽어버린다. 통풍이나 분갈이, 그리고 물주기를 고르게 함으로써 화초와의 교감을 얻어간다는 사연. 코로나 한파로 찾았던 커피 가게도 문을 닫음에 안타까운 지성과 생활인으로서의 시인의 감회, 은하수 별밤의 바닷가 점방에서 아주머니가 끓여주던 커피와 컵라면을 먹으면서 시인은 고향과 안식을, 인정을 느낀다. 바람 부는 청보리밭에 물결 이는 파도 소리를 느끼고 갈대 서걱대는 강가를 걸으며 마음으로 흘러드는 자연과 하나 됨에의 경지에 이르기도 한다. 겨울 산행을 하면서 산을 지키며 서 있는 버들강아지의 봄을 품고 먹고 마실 샘물을 주는 사랑의 겨울 산을 되살리기도 한다. 그러면서 생명의 봄을 가져다주는 봄비를 맞는 초목의 새로운 초록빛 옷을 입는 자연의 순환 속에서 부활의 꿈이 꽃피는 낙원에 대한 열망을 그리고 있다. 꿈은 보이지 않으나 바다에 솟아오르는 해처럼 신비한 힘을 갖는다는 사유를 전제하고 있다. 안 보이는 손이 있기에 그렇다는 믿음을 바탕에 깔고 있는 밑그림이 어린다.

3. 자아 성찰과 행복의 길

몇 해 전 선종한 김 추기경이 어린 시절을 보냈던 군위의 옛집을 찾아간 일이 있었다. 그분이 힘주어 강조한 바보 정신을 새삼 돌이켜 보았다. 먹고 사는 일에 급급하다 보니 무엇이 사람으로 하여금 참다운 행복으로 가는가를 일러주고 있었다. 한평생 햇빛과 공기를 쏘이고 마시면서도 고마운 줄을 모르고 살고 있다. 모든 일에 늘 감사하며 넘치는 고마움으로 하늘과 별

과 바다 관련의 고향, 아니 우리 생명의 본향을 이야기하고자
한다.

어떻게 보면 현대인은 눈앞의 이불리라는 장벽에 걸려 참다
운 대자연의 은혜를 생각지 못하고 마냥 생활에 빠져든다. 바보
란 밥만 축내고 제 구실을 못하는 이를 이른다. 바보에게는 밥
이 가장 소중한 가치가 될 수 있다. 조금은 밑지면서도 순리대
로 사는 길이 무엇인가를 되돌아보란 말이 아닌가. 세상에 남
는 장사만 있는 것은 아니다. 아낌없이 주는 햇빛과 공기, 산이
며 강과 바다에서 하늘의 구름으로 떠돌다 빗물로 내리는 은총
의 샘줄기, 우리는 참으로 안 보이는 손의 축복 속에 살아가고
있지 않은가를 갈파하고 있다. 이러한 대자연의 축복이 곧 행복
이라는 분수의 알맹이인 것을. 어느 노부부가 아침에 바다에 고
기 잡으러 나갔다가 갈매기의 마중에 즐겁게 집에 돌아와 콩밭
사이의 잡초를 뽑는다. 붉은 고추와 콩잎 사이로 자란 애호박을
보며 웃음 짓는 그런 작고 소박한 일상 속의 행복을 자신의 행
복감으로 공감하고 감사하는 행복의 문학 공간을 빚어내고 있
다. 행복체험의 선도자다운 기상이 떠오른다.

4. 뉘우침과 실천적 문학 치유

문학 활동을 흔히 창작과 향수로 나눈다. 말하자면 창작은 작
품의 공급이며 향수는 작품의 수요라 할 수 있다. 작품의 완성
도와 예술성은 어디서 오는 것일까. 이는 작가의 표현하지 않고

서는 견딜 수 없는 아픈 체험, 트라우마와 스트레스에 대한 깊은 사유와 열정, 그리고 여기서 벗어나려는 몸부림과 이를 향한 성찰에서 말미암는다. 창작은 마침내 영혼의 씻김굿이라 할 수 있다. 온갖 번뇌 끝에 시인은 어떤 엑스터시의 유열감에 젖어든다. 달빛 어린 승무에 빨려드는 비구니의 몸짓 같은. 시인은 유소년 시절 영일만 바다에서 물질하던 어머니의 바다에 이렇다 할 관심이 없었다. 하지만 시간이 흐르면서 어머니의 산소를 찾아가 어릴 때 자신의 무관심이 돌이킬 수 없는 회한이었음을 아픈 기억으로 뉘우치고 있다. 어머니가 활동하시던 그 바다는 어머니의 서러움과 인고로 아로새겨진 삶터였다. 어머니가 물질을 편한 마음으로 하려면 구덕에서 아이가 잠들기를 기다려야 했다. 할 일은 언덕인데. 해질 어름 물질에 지친 어머니가 어린 아들에게 걸어가자고 했을 때 아이는 주저앉아서 업어 달라고 몽니를 부렸다. 마침내 지친 엄마의 등에 업혀서 돌아왔다. 엄마는 얼마나 힘들었을까. 아이는 참말로 철부지 싸가지가 아닌가. 그 바다는 바야흐로 시인의 문학 창작의 높푸른 언덕이 되고 옹달샘이 되고 있음을 고백하고 있다. 철 들자 망령이라고 나이 들어가면서 어머니의 부재에 대한 시인의 아픈 뉘우침은 시적 형상화 동기의 풍구질을 하고 있다. 그런 추억의 파도 소리가 시인의 문학 공간에 되살아나고 있는 것이다.

　그런 돌아봄의 문학적인 자아성찰이 독자의 인간애와 문학적인 공감의 구름다리로 작용하고 있다. 그 뉘우침의 깊이만큼 공감의 깊이와 넓이가 자리매김하고 있다. 그러면서 씻김 곧 카타르시스 현상이 일어난다. 먼저 작가의 카타르시스가 독자의 또 다른 그것으로 투영되고 번져가게 마련이다. 어느 시인 한 개인에서 공감 현상은 함께 느끼는 공명현상으로 울려 퍼진다. 자아성찰의 문학 공간이라는 숲속으로 들어가 이른바 문학 치유의 고리가 만들어진다. 유토 시인의 작품을 읽노라면 자신의 체험을 소박하고 진솔하게 드러내는 작가의 인성과 지성, 그리고 영성이 교감을 불러일으킴을 체득하게 된다. 나아가 이러한 체험은 유토 시인이 꿈꾸고 그리는 행복문학의 길닦이가 비롯된다. 시인의 자아 성찰은 이상과 현실의 괴리를 자연과 인간의 작은 것에서부터 비롯하는 삶과 생명의 존엄성에서 실마리를 자아내고 있다. 하늘의 섭리를 따라서 겨울에도 피고 지는 진달래처럼 말이다. 시인이 보는 참다운 만남은 어떤 몇 마디의 말뿐이 아니고 자연과 인간의 만남을 위한 실천적인 문학적 실현을 통한 아름다운 세상을 만드는 이른바 아세만동의 공동선에 행복의 구경을 설정한다. 선유도의 파도가 주는 화두가 바로 이런 보기일 것이다.

5. 영성과 감성의 언어 미학

시인이 꿈꾸는 아름다운 세상을 만들고자 하는 지향성은 그의 작품에 문학적인 감성으로 흥건히 녹아 배어 있다. 전과가 있는 이웃에서 벗어나려는 충동을 넘어 그들의 아픔을 나누고자 하는 신앙적인 영성은 마침내 시인이 만들어낸 문학 공간의 숲속에 시적 감성 곧 영감으로 이어진다. 문학이란 본질적으로 언어 예술이다. 말이란 조상 대대로 이어온 역사와 문화가 투영된 문화기호라고 할 수 있다. 기원적으로 제정일치 시기의 말이란 인간과 신이 교통할 수 있는 영혼의 다리라고 보았다. 말하자면 말에 영혼이 담긴 것이라 본 것이다. 기도를 하거니 어떤 위기에 직면했을 때 하느님을 찾는 것도 모두가 말로써 다리를 삼아 주고받는다고 본 것이다. 아울러 말이란 사회생활의 약속이며 규범이다. 한글맞춤법이 그러한 좋은 보기가 된다. 특정한 소수민족만을 위한 약속의 땅이 예루살렘이라 본 것이 구약 시대라면, 모든 사람의 영혼으로 하여금 구원에 이르게 하는 약속으로 새로운 하늘과 땅이라는 외연과 함의를 열어놓은 것이 신약시대를 열어젖힌 예수의 복음이다. 복음은 행복한 약속으로서의 신의 소리며 말씀이다. 아름다운 세상을 꿈꾸는 유토 시인의 행복문학의 공간에서 자라는 나무숲에 크고 작은 야생화가 피고 지며 수많은 새들이 노래하는 파랑새의 낙원이 이루어지기를 기다리며 그렇게 믿고 싶다.

귀비고
이유토 지음

발 행 처 · 도서출판 **청어**
발 행 인 · 이영철
영   업 · 이동호
홍   보 · 천성래
기   획 · 남기환
편   집 · 방세화
디 자 인 · 이수빈 | 김영은
제작이사 · 공병한
인   쇄 · 두리터

등   록 · 1999년 5월 3일
(제321-3210000251001999000063호)

1판 1쇄 발행 · 2021년 4월 30일

주소 · 서울특별시 서초구 남부순환로 364길 8-15 동일빌딩 2층
대표전화 · 02-586-0477
팩시밀리 · 0303-0942-0478

홈페이지 · www.chungeobook.com
E-mail · ppi20@hanmail.net
ISBN · 979-11-5860-945-0(03810)